청어詩人選 144

니가 풀을 이기니?

이윤선 시집

청어

니가 풀을 이기니?

이윤선 지음

발 행 처 · 도서출판 청어
발 행 인 · 이영철
영   업 · 이동호
홍   보 · 최윤영
기   획 · 천성래 | 이용희
편   집 · 방세화 | 원신연
디 자 인 · 김바라 | 서경아
제작부장 · 공병한
인   쇄 · 두리터

등   록 · 1999년 5월 3일
(제321-3210000251001999000063호)

1판 1쇄 인쇄 · 2017년 1월 1일
1판 1쇄 발행 · 2017년 1월 10일

주소 · 서울특별시 서초구 효령로55길 45-8
대표전화 · 02-586-0477
팩시밀리 · 02-586-0478

홈페이지 · www.chungeobook.com
E-mail · ppi20@hanmail.net
ISBN · 979-11-5860-455-4 (03810)

이 도서의 국립중앙도서관 출판시도서목록(CIP)은 서지정보유통지원시스템 홈페이지
(http://seoji.nl.go.kr)와 국가자료공동목록시스템(http://www.nl.go.kr/kolisnet)
에서 이용하실 수 있습니다.(CIP제어번호: CIP2016027998)

네가
풀을
이기나?

어느 시인의 시아버지가 그 시인에게
- 니가 풀을 이기니?
라고 하더란다.

그래서 그 시어가 내게로 들어왔다.

맞다, 우린 풀을 이길 수 없다.

시를 쓰는 동안
풀 속의 풀 속에서
내 마음이 옹달샘처럼 담겨져
내내 행복했다

- 니가 풀을 이기니?

내가 풀이 되었다.

이윤선 씀

Contents

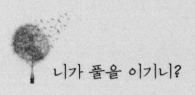

니가 풀을 이기니?

제1부
하늘 유산

여린 풀들아
해와 달과 바람과 비를 너에게 상속하노니
하늘의 큰 사랑이 그 속에 다 들어 있나니
세상 어느 것도 부러워 마라

애기똥풀꽃 언덕
– 니가 풀을 이기니?

깎아지른 듯 높은 언덕을 앞다투어 기어오른다
미끄러진 녀석들은 불난 엉덩이 아파서 울다가 웃다가
다시 바람이 손수건으로 이마를 닦아주면
꼬막손으로 다시 언덕을 오른다
아직은 벅찬 세상인데도 자기들끼리 협동하며
앞에서 끌어주고 뒤에서 밀어주면서
용감하게 어울려 자라는 똥강아지 세상
땀내음 밴 눈동자가 똘망똘망 농익으면
햇볕이 달짝지근한 젖병을 물린다
녀석들 우우우우 목소리 높여
한 모금씩 받아먹고 노란 세상을 펼쳐놓는다
위에서 아래로 아래에서 위로 산란하는 꽃무더기들
목젖을 드러내놓고 웃는 장관의 봄
여린 힘의 위대성을 배운다

띠풀 = 삘기
– 니가 풀을 이기니?

돌무더기 옆구리에
천연덕스럽게 엉덩이 들이밀고 앉아
뿌리를 재빠르게 내리 뻗고는
제집이라며

큰
소
리

치
고

있다

맞짱
  - 니가 풀을 이기니?

독새풀아
어떻게 사람들이 사는 철옹성에 입성하였니?
사람 손가락 두 개만으로도 뽑힐 목숨인 줄 모르고 있는
거니?
사람 발자국이 얼마나 잔인한지 알고나 있긴 있는 거니?
사람 심성이 얼마나 차가운지 정말 알고는 있니?

겁 없이 살고 있는 너도
정말 독한 종자(種子)다

*독새풀: 둑새풀(볏과의 한해살이풀 또는 두해살이풀)'의 전라남도·충청북
   도 사투리.

돈키호테
– 니가 풀을 이기니?

개망초꽃 씨앗이 날아와
보도블록을 향해 여린 몸을 던진다
틈새의, 틈,새의 틈새,의 틈,새
콩알보다 작은 틈의 땅을 달라고 조른다

안으로 잠긴 문이 열렸다

회양목
   - 니가 풀을 이기니?

네가 도시 아파트와 거리 위에서
푸른 질서로 머리를 단정히 빗고
꽃향기 날리고 있다니 정말 신기하기만 하다
석회 흙에서 강한 생명력을 보여주고 있다니 놀랍다
네가 자란 곳, 옆에 흐르는 물에는 독성이 있어서
먹으면 죽는다는 사실이 믿겨지지 않는 산책길
내가 몰랐던 낯섦이 자꾸 생각을 잡아당긴다

풀 언덕
  - 니가 풀을 이기니?

도로변에 인공으로 만든 풀언덕
저 녀석들이 뿌리내리고 살까 싶더니
오호, 오호!
반신반의(半信半疑)한 마음을 뒤집는다
한해의 시간을 부려
어느새 푸르게 넘실거리며
바람까지 데리고 놀고 있다

신기한 힘이다

큰개불알풀꽃
- 니가 풀을 이기니?

논밭두렁에 피어 강강술래 춤춘다
예쁜 볼우물을 만드는 입술이 수다스럽다
흰빛과 파란치마 만들어 허리에 두르고
삼삼오오 모여앉아
자음모음 세종대왕님 공부도 척척이다
싸우지 않고 어우러져 핀
또랑또랑한 눈망울이 빛난 1학년 8반 아이들
착하다
예쁘다

도로변에 인공으로 만든 풀언덕
저 녀석들이 뿌리내리고 살까 싶더니
오호, 오호!

하늘 유산
- 니가 풀을 이기니?

여린 풀들아
해와 달과 바람과 비를 너에게 상속하노니
하늘의 큰 사랑이 그 속에 다 들어 있나니
세상 어느 것도 부러워 마라

털별꽃아재비
- 니가 풀을 이기니?

독하다
옆 식당에서 밥 먹고 나온 사람들이
뜨거운 커피와 음료수를 우리 화분에 쏟아
화초들을 다 죽여 버렸는데
화병으로 가슴이 깊게 물들어 아팠는데
너 뭐니!
그 화분에 날아와 살아 내다니

고맙고, 장하다
털별꽃아재비야
정말 훌륭한 복수를 네가 대신 해 주는구나
밟아도밟아도 다시 꿋꿋이 일어나는 잡초처럼
강인한 정신인양
죽지 말고 내내 잘 살아다오

담쟁이 옷
- 니가 풀을 이기니?

회색빛 벌거숭이 담벼락에게 옷을 입힌다
크면 큰 대로 작으면 작은 대로 입혀도
인물이 훤해졌다
초록의 비늘들이 햇볕을 굴리며
풍선처럼 부풀어
바람의 입김으로 춤추는 시간
텅 빈 마음이 꿈에 잠긴다

뱀밥 = 쇠뜨기
  – 니가 풀을 이기니?

인류가 태어나기 훨씬 전에 태어나
공룡이 화석이 된 시간까지 뚫고 나와
현재까지 거뜬히 살아남았다
들녘이든 도시 귀퉁이든 아무 땅이나 가리지 않고
한 뼘 내지 두 뼘 크기의 작은 몸으로 살아간다

이혼의 열꽃이 함부로 피는 세상에 길들여진
현주소에게 던진 화두의 단어

자웅동체(雌雄同體)

사람살이가 힘들거나 삶이 무서워지면
천기들을 꿰고 있는
뱀밥 = 쇠뜨기를 찾아가면 답을 안다
(자기 복제술까지도 알려 주리라)
점(占)값도 받지 않고 귀띔해줄 것이다

해안으로 가슴이 열려만 있다면

환경의 덫
 – 니가 풀을 이기니?

잡초도 온실 속에서 키우면
귀한 대접 받는 신분이 되더라

화초도 함부로 키우면
천한 대접 받은 잡초가 되더라

고고한 정신과 혼까지 빼앗겨 버리더라

이 사실이 정말 무섭더라

잡초 예찬
– 니가 풀을 이기니?

밟으면 밟을수록 퍼렇게 고개를 쳐든다
밟고 있는 가해자는 독종이라 기함을 하겠지만
이 세상을 살면서 많이 밟혀본 사람에겐
희망의 이름이다

제 영역에서만 고이 살 수 없어서
가난한 보따리 들고 흘러들어간 곳
거기다 목숨을 묻고 견딘다

유태인들처럼
목숨을 놓을 수 없는 이들처럼

질경이
– 니가 풀을 이기니?

질기게 질기게 질리게 질리게
기가 막히게 기똥차게
바닥에 붙어서 살아남는 법
어디서 그렇게 배웠냐?

짓밟힌 순간이 오기가 되고
배짱이 되고 삶의 퍼런 독이 된 질경이야!

이빨 악다문 너를 배우려 간다
세상에게 여린 심장이 바삭바삭 깨진
내가 너를 배우러 간다

바닥으로 곤두박질 쳐지는 날들에 앉아
울고만 있을 수 없기에

큰 나무 아래선 다른 나무들은 살 수 없는데
봐라, 저 잡풀들
겁 없이 포진해 들어가 뿌리 내리고
배짱 좋게 살아가고 있는 모습

누가 풀을 이길 수 있다니?
– 니가 풀을 이기니?

큰 나무 아래선 다른 나무들은 살 수 없는데
봐라, 저 잡풀들
겁 없이 포진해 들어가 뿌리 내리고
배짱 좋게 살아가고 있는 모습
저건 분명 역성혁명(易姓革命)이다

분실
  － 니가 풀을 이기니?

때깔고운 아파트 담벼락에서
장미꽃 두 송이를 꺾었다

시장바구니에 담아 논
장미꽃이 다칠까봐
신경 쓰다가
그만 휴대폰을 놓고 왔지 뭐야

꽃이 나를 홀렸는지
내가 꽃에 홀렸는지

씀바귀꽃
– 니가 풀을 이기니?

씀바귀 꽃을 꺾어 꽃꽂이 해봐서 알아
애는 제 몸에선 활짝 피어나지만
꺾으면 입을 다물어 버려
물을 주면 살아 있는 목숨인양
활짝 꽃 피우는 다른 꽃들과는 달리
꼬임에 절대 넘어오지 않아
마법이 풀린 신데렐라처럼
볼품없는 모습으로 돌아가 버려
그러니까
씀바귀 꽃은
예뻐서 탐이 나도 절대로 꺾지 말어

채소, 너희도 태초엔 풀이었다
 - 니가 풀을 이기니?

너희도 태초엔 자유로운 풀이었으리
인간의 먹잇감이 된 죄로
채소라는 이름을 얻었으리

먹힘으로써 인간을 지배하는
양날의 칼이 된 풀이여
우리여

서로의 근원을 생각하면
놀랍고 미안하고 고맙고 무섭다

우리의 목숨을 쥔
채소가 된
풀들이여
우리의 공존은 어쩌다 이리되었니?

담쟁이넝쿨
– 니가 풀을 이기니?

벽 앞에서 푸르다

나
는

벽
앞
에
서
아무리몸부림쳐도
푸
르
지
못
하
는
데
!!!

비(雨)의 두 얼굴
- 니가 풀을 이기니?

가뭄에 목마른 풀들이 소원하기를
인간처럼 돈벼락 맞기를 기도했다

소원은 이뤄졌다
쫄쫄쫄 좔좔좔 콸콸콸 우장창 저장창
은혜비가 넘치게 쏟아졌다

기회를 틈타서

거뜬히 한몫을 챙긴 풀이 있는가 하며
그 비 벼락에 맞아 죽은 풀도 있었으니

필요악과 선은 존재했느니

니가 풀을 이기니?

제2부
자운영꽃

어릴 적
넘의 논에 핀 자운영꽃
천국의 꽃인 양 황홀했다

사나운 마을 인심도 순한 순간의 찰나였던 봄날
마음껏 꽃밭을 누빌 수 있는
나비와 벌 부러워 시샘하던 유년

대단한 생존
    – 니가 풀을 이기니?

풀,
네가 무모해서 큰 나무 아래서 살 수 있는 거다
큰 나무 아래서 작은 나무는 살 수 없다는
불멸의 법칙을 깰 수 있는 거다

풀, 너는 생존이 허락지 않는 서슬 퍼런
금지 구역에서 총칼 없이도
역성혁명을 일으켜 버린 거다

그래, 그거다 그거다
바닥에 엎드려 지문이 닳도록 비빌 줄 알아서
살아남을 수 있었던 거다
큰 나무 가랑이 사이를 숨죽여 걸으면서도
꽃과 씨앗을 맺는 배짱이 두둑한 반전 드라마

(이는 약자로서의 생존이란
곧 구차함을 참아야 하는 것을
숙명으로 알았기 때문일 거다)

이 얼마나 멋진가
풀의 반전

코스모스꽃
– 니가 풀을 이기니?

젖가슴 열고
찬바람에 목젖을 보여주며 웃는다

날선 퍼런 하늘 아래서
주저 없이 목을 빼놓고 웃는다

제 목숨 보내는 세상을 웃어내다니

용감혀!

자운영꽃·1
– 니가 풀을 이기니?

어릴 적
넘의 논에 핀 자운영꽃
천국의 꽃인 양 황홀했다

사나운 마을 인심도 순한 순간의 찰나였던 봄날
마음껏 꽃밭을 누빌 수 있는
나비와 벌 부러워 시샘하던 유년

봄볕 노근하게 익은 향그런 날
일 년 농사 밑거름을 하기 위해
자운영꽃, 소 앞장 세워 쟁기로 엎어버린 날

나는 찢어진 고무신 신고
아무도 몰래
훌쩍훌쩍 뒤안에서 울었었다

늙어온 지금도
그 때가 선명하다

*넘: '남'의 전라도 사투리.
*뒤안: '뒤꼍'의 우리 마을 사투리.

자운영꽃·2
 - 니가 풀을 이기니?

네가 유년의 집 앞 논에 심겨져
꽃 피었을 때
나는 너무 행복 했었어
천상의 꽃처럼 향기 가득 피어
짜릿한 전율과 감동과 행복감은 차라리
꽃 꽂은 미친 여자라도 되고 싶게 만들었었어

지린내 진동한 이불을 박차고 나가
신작로에 서서 나는 하염없이 너를 바라보았지
바람이 불어주는 물결 따라
사랑스럽게 춤을 추는
너의 품으로 뛰어 들어가 뒹굴고 싶었어

그러나 무서운 논 주인이
밤낮으로 호랭이 눈을 하고 서서
못 들어가게 했지
구경하는 값까지 달라는 말에
나는 곁눈으로만 널 구경했어
윙윙 소리 내며 날아다니는 벌과 나비가
너무 부러워 심술이 나서 주인 몰래
돌멩이를 던지다 들켜 혼난 적도 있었어

나를 혼내면서 내가 하도 좋아하니까
몇 송이 꺾어주며 그 주인이 말했어
– 넌 다른 애들보다 착하니까 주는 거야–라고
나는 너를 손에 들고 다니며
막 자랑하고 다녔었어

모내기철
네가 거름으로 엎어져 버릴 때
나는 아무도 몰래 여러 날을 울었지
첫사랑이 떠나는 고통 같은 거였어

매년 나는 너를 기다리는 병이 들어 있었지만
이후 두 번 다시 그 논에는
네가 피어나지 않았어
새마을 운동의 일환으로 시범적으로 심어졌던 너
퇴비로 쓰면 농사가 풍작이 든다고 했으나
오히려 일손만 더 커진다는 이유로 심지 않아서
우리 동네에선 두 번 다시 너를 볼 수 없었어

지금도 그 때의 너의 모습
내 가슴에 남아 있어
그리움으로 가득 차올라와

아린 아픔인 듯
황홀함인 듯
꿈결인 듯
네가 내 가슴에서 미친 듯이 피어나
상영되곤 한다오

*호랭이: '호랑이'의 우리 마을 사투리.

풀이 나무에게 하는 말
 – 니가 풀을 이기니?

축복하고

또 축복하노니

남의 인생에 쓰잘데기없이 지적질 하지 말고

너는 네 운명대로 오만한 목뼈 곧추 세우고 살아라

나는 내 운명대로 밑바닥에서 열심히 살아갈 테니

날선 퍼런 하늘 아래서
주저 없이 목을 빼놓고 웃는다

선물
– 니가 풀을 이기니?

하늘이 뿌려주는 비
일용할 만나인 줄 어찌 알고
후루루 짭짭 후루루 짭짭
풀이 포식하는 소리 맛나게 들린다
편식쟁이는 한 포기도 없이
꿀꺽꿀꺽 감사히 잘 받아먹는다

포식자
– 니가 풀을 이기니?

생강꽃을
댕강댕강 땄다

벌이 날아와 꿀을 빨기 전에
중국에서 황사 바람 넘어와
오염시키기 전에
마아악 꽃잎 연 순간
놓치지 않고
향기까지 다 따왔다

천년만년이라도 살 것처럼

내 꼴이 우습다

앙증꽃
– 니가 풀을 이기니?

꽃다지
빠꿈살이 부침개처럼
흙에 붙어
봄밥 부지런히 먹더니
냉이꽃 키를 따라잡곤 좋아라 깡충거린다

똑같아졌다
우린 이제 진짜 동무다
볼을 비비며 좋단다
행복하단다

보일 듯 보이지 않는
무지지은 앙증과 앙증 사이
냉이 흰빛 꽃다지 노란빛
사이좋게 환한 빛살 어우러져서
한 뼘의 높이로 피어
바람의 장단에 목춤 신난다

들녘을 홀린다
정감을 홀린다

저 작은 것들이 내 마음을 훔쳐갔다

*빠꿈살이: '소꿉놀이'의 전라도·충청남도 사투리.

매화꽃
– 니가 풀을 이기니?

착한 마을에
꽃만찬을 차렸다

선한 자나 악한 자나
부유한 자나 가난한 자나
바닥나기나 나그네나
흐물흐물 눈빛 마음빛 허물어져
한마음으로 어우러져
어화둥둥 얼싸 안고
지친 세상살이 잠시 잊어보라고

천상의 화원에
성찬식 열렸다

*바닥나기: '토박이'를 달리 이르는 말.

아침 해
  - 니가 풀을 이기니?

불암산에서 떠오는 해
제 발등 시릴 텐데
생강나무 꽃 품에 안고도
도봉산과 노원의 집들을 먼저 비춰주며 달려온다

자비(慈悲) 사라진 세상에서의
교훈의 빛

아침 추위를 잘 견딘
생강꽃송이마다
해의 가쁜 숨소리 닿자
향기 가득 퍼져 날아간다

내 고향 남녘
   – 니가 풀을 이기니?

어렸을 때는
내 마을에 먼저 봄이 온다는 사실을 몰랐는데
타향살이를 하다 보니
내 고향에 봄이 먼저 온다는 사실을 알았다

영화의 한 장면처럼
보리밭에 일렁이던 바람이 만든 파도
그 논두렁 사이를 가로질러
들나물 산나물 캐러 쏘다니던 기억
들꽃 산꽃 찾아 나비춤 너울대던 기억
꾀꼬리 종달새 목청에 매달려 있던 봄날의 아지랑이
꼬랑물 시냇물의 느린 박자가 들려주던 평화

볼과 손등 부르튼
가난이 몸서리나게 추워서 잃어버렸다
돌아갈 수는 있으나
돌아가지 않는 남녘 내 고향

내 육신 다 챙겨들고 떠나와서야
내 고향 봄이 빨리 온다는 사실을 알았다

칠전팔기꽃
  – 니가 풀을 이기니?

장하다
목 잘린 개나리
꽃 펴냈다

삭발례(削髮禮) 마냥
제 목숨 두 동강났어도
아파도 비명 지르지 않고
환한 목숨으로 피었다

다므기 다므기
샛노란 손 모아
꽃 필 수 있어서
감사하다고

*삭발례(削髮禮): 가톨릭에서 성직 희망자의 머리털을 깎는 예식.
*다므기: '더불어', '함께'의 옛말.

절대속도(絶對速度)
 - 니가 풀을 이기니?

제 아무리 뜀박질을 잘하는 사람도
봄의 속도를 이길 수 없다

제 아무리 빠른 속도로 하늘을 나는 새도
찰나를 등에 지고 날아가는 봄의 날개를
이길 수 없다

무한과 유한의 톱니바퀴 안에서

내 詩꽃살이
– 니가 풀을 이기니?

내 詩꽃은
아등바등 사람들에게 가서 피려 하지 않았다
사랑 받으러 애쓰지도 않았다

나만큼 고달픈 내 시들은
삶의 희로애락(喜怒哀樂) 속에서
피고 지며 울고 지고 피면서 혼자 웃었다

하나인 듯 둘인 듯 끌어안고
내가 詩를 피우고
詩가 나를 피우며

원수까지도 구원하는
용서의 꽃
승리의 꽃

보리밭
- 니가 풀을 이기니?

가까이 오지 말라고
뾰쪽한 푸른 가시를 세우고
건들면 찌를 준비 완료된 경고문
하늘까지 찌를 태세다

이상하다
그래놓고는
부비부비 바람이 가자는 대로
시키는 대로 흔들어주는 대로
서로의 몸을 사랑스럽게 부벼대며 춤춘다

오월향 풋내로 익어가는 푸른 가시들
삼지창 모양뿐인 여린 그 창살이
볼수록 허당이다

예쁘다
정겹다

두루미
– 니가 풀을 이기니?

시원한 바람에 물푸레잎 흔들리는
푸른 물이랑 호수
너무 아름다워
풍덩, 빠져들어
목숨이 다하는 순간까지 사랑하고 싶었으나
손만 잠시 담그고 말았네

푸른빛이 유혹으로 일순간 일렁이며
심장을 타고 오를 때
도망치듯 허공이 흐르는 하늘로 날아오르네

살아오면서
그리움 하나쯤은 가슴에
남겨놓아야 되는 법을 알고 있으므로

빈 병을 위하여
- 니가 풀을 이기니?

텅 빈 거푸집인 채 귀락정 계단에 기대어 있는 당신
먼 길을 쫓기듯 떠나오신 것 같습니다
애써 중심까지 비어버린 모습을 들키기 싫어
안간힘을 쓰며 하늘을 담고 있지만
내 눈은 이미 당신이 텅 비어있음을 눈치챘습니다

당신은 왜 이리 텅 비어 있습니까?
당신이 당신 심장을 누군가에게 다 따라줘 버려서 그렇습니까?
아님 누군가 당신의 영혼을 빼앗아 다 마셔버린 것입니까?
바람의 입김을 빌어 우우 울음 우는 당신
후회입니까?
안타까움입니까?
쓸쓸함입니까?

그대여, 비록 상실감에 지쳐 쓰러져 있어도
텅 빈 빈 병이 되어 영영 빈 병이진 마십시오
나도 여기까지 걸어오는 동안
내 자신과 타인으로 인해
너무 많이 빈 병이 되어 울곤 했습니다
그래서 당신을 모른 채 그냥 스쳐갈 수가 없습니다

내가 지금 당신께 해드릴 수 있는 일은
붓꽃 한 송이와 이름 모를 들꽃 열매를
물을 붓고 빈 병인 당신께 꽂아놓고 갑니다
빈 병인 당신 안에 내 마음을 가득 넣어놨습니다

우리가 다시 만날 때는
흙의 노래와 새들의 지저귐과
토끼풀꽃의 향기와 나비를 불러놓고 서로를 얘기합시다
끊어버린 술 한 잔을 다시 꺼내놓고 취해봅시다

빈 병의 시간을 춤으로 승화시켜 봅시다

기다리고 계십시오
꼭 제가 다시 당신을 만나러 오겠습니다

토끼풀꽃
– 니가 풀을 이기니?

바닥밥 먹고 사는 죄로
함부로 짓밟히고 뜯겨
아파 울며 비명소리 낭자한 날
분명히 기억하고 있었다

꺾인 척추 영영 불구가 된
저 목숨 온전할까 싶었다

오호,
초록 희망 품고 자라 오른
손가락 끝에다 꽃 피워냈다

벌과 나비 다 와서 먹으라
꿀물 짜주며 향기를 높이 퍼 올린다

원수까지도 구원하는
용서의 꽃
승리의 꽃

돌나물
– 니가 풀을 이기니?

난 천둥도 우박도 장대비도 하나도 안 무섭당께
척박한 땅도 좋고
바위에 던져놔도 난 펄펄 살아남을 수 있당께

난, 질긴 잡초랑께

잡초!

누워서 하늘을 구경까지 하는 풀

고놈,
배짱 한 번 두둑하다

어울림효과
- 니가 풀을 이기니?

같은 풀끼리만 모여 살면
오순도순 좋은 것도 있지만
해충을 이길 수 없다네요
절대 그들로부터 안전할 수 없다고 해요
안전을 보장 받으려면
종이 다른 풀들과 어울려 살아야
각자 다른 풀을 좋아하는 벌레들이 모여들어
서로 천적 관계를 형성하여
지들끼리 싸워준다네요
그러면 균형이 맞춰져서 모두
더불어 살아남을 수 있다네요
병으로부터도 안전할 수 있대요

아하,
그래서 풀들은 저리들
다른 풀들과의 공생을 기꺼이 허용하며
서로서로 기대어 살고 있나 봐요

난, 질긴 잡초랑께
잡초

토사자 또는 실새삼
– 니가 풀을 이기니?

옆으로 다가오지 마라
내 덫에 걸리지 마라
나는 죽음을 부르는 사자
풀이든 꽃이든 나무든
뼈가 있든 없든
내 몸을 떼어내고 남의 몸에 기생해버리는
죄다 목 졸라 죽여야 되는
숙명의 살인자
동정심은 DNA로도 배우지도 못했다

미안하다

조심하라
나는 내가 무섭다는 사실을 전혀 모르고
삶의 촉수를 뻗을 뿐이다

*실새삼 열매를 토사자, 금선초, 토사실, 화염초라 부른다.
 다른 식물에 기생하면서 뿌리가 없어진다.
 생태계 파괴, 주변 식물들을 목 졸라 죽인다.
 유해식물 주범 중의 하나이다.
 양기를 돕고 신장 기능을 튼튼하게 하고
 허리힘을 세게 하며 무릎이 시리고 아플 때 좋다.
 나름, 인간에게 유익하다.
 따지고 보면 인간만큼 강력한 포식자는 없다는 생각을 한다.

니가 풀을 이기니?

제**3**부
천인국

지옥을 품은 무게로 아프게 흔들리면서도
삶을 뜨겁게 사랑한 죄로
꽃 피어 살 수 있어서 좋았노라며

검은 블랙홀을 기꺼이 끌어안고선
치맛자락 펄럭이며
삼천궁녀 뛰어든 백마강에 투신한 너

회양목 위의 거미 둥지
– 니가 풀을 이기니?

양떼구름처럼 둥실둥실 떠 있다
시름없이
가지와 가지 사이
잎과 잎 사이에 세 들어 사는 가난한 마을

평화로워
가까이 가서 보니
씨실날실 촘촘히 짜여진 집들
아름다운 공존이거나
강자와 약자의 법칙에 따른
산자와 죽는 자의 요람이거나
슬프도록 생의 절박함이 읽힌다

집의 어깨가 가끔씩 흐느낀다
집이 우는가
바람이 우는가

아니다
포장된 허구가 때론 우리를 위로하므로
그냥 우리 능청스럽게
행복해서 저들이 춤을 춘다고
말해두기로 하자

말하는 대로
운명이 바뀔지도 모르니까

잡풀
– 니가 풀을 이기니?

때론 서로 의지하고
때론 토닥토닥 싸우며
때론 서로 보듬어주고
때론 풀풀 웃음 날리고
때론 풀풀 몸 싸움질하고
때론 풀풀 서로에게 부채질해준다

풀풀풀풀풀풀풀
풀풀풀풀풀풀풀

왔다가고 가고와선
그냥저냥 뱃속 편하게
한 살로 태어나
한 살만큼의 숙명을 기쁘게 받아들여
서로를 응원하며 살다가
한 살의 생을 마치고
툴툴 털며 간다

잡초밭
- 니가 풀을 이기니?

너 죽고 나만 살자는 사람들 잘 보라고

냉이꽃 꽃다지꽃 손잡고 와서 살다 가고
뒤이어 풍년초꽃 와서 흐드러지게 살다간다

나비 벌
꽃맛 달다며 수다스런 들녘

험한 맨땅에서도
우주의 질서를 지키며
먼저 와서 피고 비켜주면
기꺼이 기다렸다 와서 피고 지는 순리의 법칙

인간들 깊이 명심하여 새기라고
시범을 보여주고 있다

*풍년초: '망초꽃'의 우리 마을 사투리.

천인국
- 니가 풀을 이기니?

노란 꽃잎 열기 위해
바람 한 점에게도 웃음을 흘리다

빗방울 한 줄기의 기다림을 참으며
땡볕에 타들어간,
현기증 나는 삶의 질곡이 힘들었노라고
꽃잎문 열어 폭삭 늙은 검은 가슴을 보여주더니

지옥을 품은 무게로 아프게 흔들리면서도
삶을 뜨겁게 사랑한 죄로
꽃 피어 살 수 있어서 좋았노라며

검은 블랙홀을 기꺼이 끌어안고선
치맛자락 펄럭이며
삼천궁녀 뛰어든 백마강에 투신한 너

솔로몬
   - 니가 풀을 이기니?

개미들 영특하다
민들레 잎과 꽃을 지붕으로 삼고
뿌리마다의 길을 따라가며 방을 만들어 놓았다
민들레가 병 치료하는 성분 품고 있는 걸
어떻게 알고
민들레 뿌리 밑에
소리 소문 없이 집을 짓고 살고 있다

카하!

생존법
– 니가 풀을 이기니?

길을 지나다
문득 시선이 머문 곳
길가 풀들의 세상

뜯어 먹히지 않으려
흙먼지 뒤집어쓰고
숨죽여 생을 이어가고 있다

내 생과 닮았다
내 마음 애처롭게 다가간 곳

길가 389번지 잡풀의 삶

자연산
  - 니가 풀을 이기니?

들꽃이 어디 인위적인 멋 부린 것 봤냐?

그냥 생긴 대로 살지!

아서라,

네가 별짓을 다해도

걔네들 절대 못 따라가.

쑥풀
  – 니가 풀을 이기니?

쑥!
시원한 단어
명쾌한 이름이다

쑥 낳아라
쑥쑥 자라거라
쑥쑥쑥 먹고 나아라

세종대왕님 덕분에
이름 잘 만들어져
이 쑥 저 쑥
쑥쑥 힘을 준다

꿈과 용기가 마구 샘솟는 이름
희망을 불러오는 소리

너, 쑤욱!

육삭둥이 아가야,
울지 말고 아프지 말고
그리 활짝 웃다 가거라

환삼덩굴
– 니가 풀을 이기니?

1.
이런 잡놈
백수가 되각고 기어 들어와선
제 주제도 모르고
안방, 작은방, 거실, 화장실
베란다를 종횡무진하며
온 집안을 참견하고 다닌다

한심한 몰골로 넝쿨째 굴러온 놈아
허물처럼 벗어 논 옷자락 거두어
기어들어왔던 대로
썩 문 밖으로 나가거라

2.
푸른 생명이라 예뻐했더니
손 다소곳이 무릎 위에 올려놓고
수줍은 미소가 단아해 환장하게 좋더니
허, 요것 봐라
손바닥 뒤에 가시 감추고 있었구만
일순간 어깨를 나란히 하던 풀들과
높은 나무들까지 닥치는 대로
제 치마폭 벌려 꿀꺽 삼켜버렸네

*되각고: '되가지고'의 우리 마을 사투리.

낙화
– 니가 풀을 이기니?

생의 끝에서도

생을 불러 앉혀놓고 간다

황사
 - 니가 풀을 이기니?

봄 세상에 초를 뿌린다
관계의 불협화음

그래서 너와는 친구가 될 수 없는 거다

흥!

꽃망울들 톡톡톡톡
문 여는 소리

네가 고춧가루 뿌려도
우린 손잡고 꽃 핀다

흥!

적선(積善)
  – 니가 풀을 이기니?

풀들에게
개들이 다리를 벌리고
밥을 주고 있다

망초 꽃, 강아지풀, 질경이들
좋아서 꼬리를 흔든다

초인종
- 니가 풀을 이기니?

똑똑똑!

풀아!
너 지금
희로애락 방 중에
어느 방에 기거하고 있니?

회초리풀
 - 니가 풀을 이기니?

나무야,
풀인 나는 온 몸으로 살아서
밥 한 끼로 뜯어 먹히면
뿌리는 남지만 전멸이란다
그래도 난 기꺼이 한 끼의 밥이 되어준단다

나무야,
너는 거구의 몸으로 살면서
네 잎사귀 몇 잎
밥 한 끼로 뜯어준다고
표시도 안 나는데 왜 그렇게 사니?

발발발발발 떨며
네 것도 내 것
내 것도 내 것이라고 욕심 부리며
살아남아서 뭣헐래?

수박씨
– 니가 풀을 이기니?

나를 어둠 속에 가두고 있는
네가 죽을 만큼 힘들지만
한 뿌리에서 나서 한 몸뚱이 안에 묶여졌으니
너의 철통 보안이 없으면 나는 존재할 수 없으므로
공동의 운명이니 감수할 수밖에

나의 생존이 곧 너의 생존이니
너의 생존이 곧 나의 생존이니
너의 붉은 어둠 속에 점점이 박혀
너의 살이 나인지 내 살이 너인지
푹 무르익어 내가 더 검어질 쯤
홍해가 갈라지듯
포식자의 손에 의해 네가 갈라질 때
너와 내가 헤어지는 날

나는 또 네가 다시 나이고
내가 다시 너인 세상에
뿌리를 내릴 삶의 여정을
홀로 시작한다

여름 코스모스
　- 니가 풀을 이기니?

계절을 잊었어도
괜찮다

환한 꽃으로 피었으니
괜찮다

육삭둥이 아가야,
울지 말고 아프지 말고
그리 활짝 웃다 가거라

강아지풀
– 니가 풀을 이기니?

1.

도시에게
꼬리 흔들어주며 살아가느라 애쓴다

그래도 초록빛 잃지 않았으니
참 다행이다

2.

까짓 것,
우리 강아지 꼬리가 되어
세상에게
살랑살랑
흔들어주며 삽시다
파랗디파란 눈웃음으로
바람의 힘을 더 보태 달라고 해서
파도의 물결 일으키며
어깨 삐뚤빼뚤 걸고
우리 그리 하십시다
우린 태초부터 뼛속까지 푸르디푸른 종족이었으므로
이깟 오욕 따윈
까짓것!

껌값!

풍년초
 - 니가 풀을 이기니?

도시 사람들 망초꽃이라는데
우리 고향에선 풍년초라고 불렀다

이 꽃이 흐드러지게 피면
대풍년이 든다고
어른들은 덩실덩실 좋아라 했다

똥꼬가 찢어지게 가난하던 때부터
김 모락모락 올리는 희망의 밥
예언하는 풍년초 덕에
또 다시 논밭으로 발길을 옮겼으리

우리나라 만만세가 되었으리

도시 사람들 망초꽃이라는데
우리 고향에선 풍년초라고 불렀다

메꽃
– 니가 풀을 이기니?

오래된 전축, 축음기에서
핑크빛 소녀였을 때
턱을 괴고 들었던
샹송이 흘러나오고 있다

시간의 흔적을 걸어 나오는
지지거리는 소리는
어느새 지워지고

감성에 막 눈을 뜬 소녀의
들뜬 환호가 확성기를 타고 퍼진다

낡은 음색이 전하는 푸른 추억
젊은 날의 기억너머
뜨거운 청춘들을 선동하던
박자와 손뼉과 환희와 열기 가득한
여름밤이 후끈 달아오를 때

멜빵바지를 입고
바람의 손을 잡고 춤은 추는
발자국 소리 경쾌한 영사 필름

길 가다가 문득 고개를 들면
시간의 주름을 접어 노랫소리 틀고 있는
메꽃, 향수에 젖게 한다

깡촌
 　 - 니가 풀을 이기니?

하늘과 산이 깊어서
아침 해도 깊게 떠서
구름과 바람과 꽃과 나무와 풀들을 거느리고
흘러 흘러가 서산에 가서 닿기까지
푸른 향 진동하다
새들의 합창과 나비의 날갯짓과
계곡물 흐르는 소리
하나로 만나 합일점에 이르면
툭 터진 평화가 행그럽다
밤은 더 깊어져서
고요가 고요를 데리고 고요로 고요히 멈춰버려
별과 달이 속삭이는 소리까지 들린다
사람도 깊어지게 만드는 곳
여기

*행그럽다: '향기롭다'의 평안북도 사투리.

제**4**부
억새꽃의 춤

찬바람 매서운 능선에 올라가
늦가을 춤을 춘다
저 지독한 춤사위인 광기인가
아님, 환장할 생을 내려놓고 미쳐버린 것일까?
아니다, 아니다
낙엽들 이승의 끈 놓고 떠나버린 시간에
저리 초연히 춤추는 것은
분명, 생을 초월한 비구니 몸짓일 게다
춤사위일 게다
승화시킨 해탈의 춤일 게다

붉은 고추
– 니가 풀을 이기니?

초록의 젊음을 불끈 쥐고 일어나
여름의 열기 속으로
겁대가리 없이 풍덩 뛰어 들어가
뜨거운 태양의 살점을
용감하게 뜯어 먹고 있다

겨울 개나리
– 니가 풀을 이기니?

산책을 하다 보니
봄에 밀려난 개나리꽃
기어이 피고 가겠다는 오기인 양
겨울에다 노란 꽃을 피워놨다

추위에 이를 덜덜덜 떠는 모습
안타까워
후후 입김 불어 넣어주고
내 가슴을 열어
젖을 물려주고 왔다

미국 쑥부쟁이
   – 니가 풀을 이기니?

타국(他國)의 가을 들녘에 꽃 피어
시름자락 오려낸 눈물이 만들어낸 소금 입자들을 퍼내며
서둘러 귀 잡아당기는 겨울에 끌려가며
하얀 소복 입고 우는 여자
그 옷을 입고 죽어버린 여자
혼마저
도마뱀처럼 꼬리를 자르고 도망치지지도 못하고
선채로
까치발로 서서
무리지어 서서
서로를 부둥켜안고 서서
망향의 시름을 노래하고 있다

억새꽃의 춤
  - 니가 풀을 이기니?

찬바람 매서운 능선에 올라가
늦가을 춤을 춘다
저 지독한 춤사위인 광기인가
아님, 환장할 생을 내려놓고 미쳐버린 것일까?
아니다, 아니다
낙엽들 이승의 끈 놓고 떠나버린 시간에
저리 초연히 춤추는 것은
분명, 생을 초월한 비구니 몸짓일 게다
춤사위일 게다
승화시킨 해탈의 춤일 게다

풀숲
  – 니가 풀을 이기니?

비바람 앞에선
쓰러진 적 많았으나
스스로 누워본 적 없는 풀들
서서서서서서서서서 견디는 풀숲
삶을 포기한 적 없던 풀 세상

기특하다 기특하다
햇살이 따사롭게 비쳐주며
그림자만이라도 쉬라고 길게 눕혀준다

보도블록 위로 드리운 단아한 모습이
살아나오는 동안
생채기 하나 없었던 듯
평온하다

풀숲 풀숲 풀숲 풀숲

내 고단한 그림자도
가만히 멈춰 서서 쉬어본다
거창한 안식을 찾아 헤매던 내 영혼이
비로소 작은 풀꽃 위에서
큰 안식을 맛보았다

가을 강아지풀
  ― 니가 풀을 이기니?

잘

늙
어
가
는

내가 좋다

삶 전쟁
 – 니가 풀을 이기니?

미국 쑥부쟁이꽃 핀 언덕에서
멧새 떼 영역 싸움 치열하다

칼날이 된 날개에서 부풀어 오른 권력
작은 발에서 튕겨 올리는 야욕
주둥이로 악악거리며
고함지르는 소리소리소리
고함 난투극

내편 네편 나눠
죽음까지도 불사한
저들, 고지 싸움하는 꼴
인간사와 판박이로 닮아 있다

싹싹쓸어쓸어싹싹싹싹
찢어찢어찍찍짹짹짹짹
너희는 죽고 우리만 살아남으면 끝

낙엽처럼 이리 쓸리고 저리 쓸리며
미국 쑥부쟁이꽃 언덕의 삶투극

찬바람 부는 파란 하늘에선
열심히 가을이 달려가고 있었다

겨울 강아지풀
  - 니가 풀을 이기니?

기특하다
기꺼이 시들어
반달웃음으로 족적을 남겼다

그 모습 갸륵하여
하얀 눈 그 위에 조심스럽게 고개 숙여
겹반달웃음 짓는다

다독다독 풍경 좋은 풍광으로
우리 서로 노래하자꾸나

쇠비름
- 니가 풀을 이기니?

요잡것들이옛날엔징하디징한풀이였는디
뽑아도뽑아도
징글징글또약올리며돋은풀이었는디
아무짝에도쓸모없는잡것이였는디
웬수도웬수도그런웬수같은것이없었는디말여
허매허매,세상참웃겨불제
요것이글씨몸에기똥차게좋아분다안혀요잉
혀서요새사람덜은환장허게
좋아라며안잡쉈댑디까잉
시방은참말로귀한대접받아불드랑께요
허참,세상오래살고볼일이랑께요잉
야가귀한대접받을줄그때그시절엔그누가알았것써라
요거이산삼과도맞짱을안뜬다안혀요
헤벌나게신통방통허당께
잉!
잉!

민들레꽃
- 니가 풀을 이기니?

봄을 뜯으며
– 니가 풀을 이기니?

나물을 뜯으러 다니다보니 알겠더라
눈 씻고 봐도
나물이 없는 산과 들에는
두 번 다시 안 가게 되더라는 것을
그러면서 또 깨닫게 되더라
내가 가진 것이 없으니까
나에게 뜯어먹을 것이 없어서
사람들이 달라붙어오지 않는다는 것을
세상 이치가 다 속물투성이더라
이기심덩어리 그 자체더라
그렇게 삶은 뜯어 먹히고 뜯어 줘야하는 그 무엇이라는
것을
그 관계성을 많이 공유하고 있을수록
어중이떠중이 들끓어온다는 것을
쓸쓸하게도 나도 나물을 뜯으러 다니면서
깨달았지 뭐야!

개망초
– 니가 풀을 이기니?

아직 꽃도 피지 않았는데
대궁을 꺾으니 향기가 난다

아, 이 향기는
개망초의 근원이었구나
뼈였구나

아무도 몰래
빚어낸 혼(魂)향 앞

취했다

민들레꽃
- 니가 풀을 이기니?

맙소사,
묵나물을 하려고 끓은 물에 소금까지 넣고
데쳐서 말렸는데
꽃이 피었다

살고자 하는 힘이 너무 처절하고 처절해서
나는 그만 비명을 지르고 말았다

어떻게 이럴 수 있단 말인가
100도가 넘는 끓은 죽음 속을
소금 속을
햇볕이 흡혈귀마냥
온몸을 비틀어 짜고 있는 지옥을

견
디
내
고

퍼런 독으로 피어올린 불사조 같은 꽃

미안하고 무서웠다

무릎을 꿇고 용서를 빌었다
꼭다리를 따서 바람에 날려주었다

*꼭다리: '꼭지'의 우리 마을 사투리.

우스운 이해
– 니가 풀을 이기니?

자연에게자비심을보여주지않는나를본다
그런나를통해
나에게자비심을보여주지않는

너
가
보
인
다

이어처구니없는
우스운깨달음

악, 무서운악순환!

농부
- 니가 풀을 이기니?

나물을 캐다가
선량해 보이는 노인과 마주쳤다
노루를 죽이기 위해 약을 바가지에 들고 있었다

고구마 순을 다 뽑아 먹어버린다고
다른 농작물이 남아나지 않는다고
일망타진을 꿈꾸는 당당한 권리가
백분 이해가 되면서도 낯설다

나물 캐는 이들의 목숨까지도 위협하는
저 바가지 속
사약

섬뜩해서 나물을 버리고 도망쳤다

꽃다지
  - 니가 풀을 이기니?

- 나를 잡수오면 분노조절과 우울과
정신이 아픈 병이 낫는답니다
나는 들녘 사방팔방 천지삐깔로 많답니다

나란히 새봄을 올라온
냉이만 먹거리인 줄 알았으리

오오, 진시황도 널 몰랐으리
잡초에 불과한 네가 불로초임을

나도 네 몸을 먹고 치유했으니
누군가의 치유가 되고 싶다

시원한 바람까지 불어준다
화증 가득한 부글거린 영혼이
시방, 고요하다

달맞이꽃
- 니가 풀을 이기니?

여동생 머리 탈모 치료제로
발효식품 담아줄라고 홀로 달맞이꽃을 뜯는다
무덤하고 얘기하면서 뜯다가 캐기도 했다
산 자가 더 무서운 세상에서
무덤이 무서운 듯 무섭지 않았다
산 자와 죽은 자의 경계란 없다는 듯
살아생전 마음씨 좋았을 두 부부가
이승에 밥그릇을 씻어 나란히 엎어놓고
손 뻗으면 닿을 거리로 나란히 누워
속울음 많이 들이 있는 나를 토닥토닥
위로해준다
예쁜 마음 나눠주는 것이
죄라 몰아붙이는 세상에 지지 말고
절대 오염되지 말고
소신 있게 잘 살다 오라고
땀방울 맺힌 이마에
시원한 바람까지 불어준다
화증 가득한 부글거린 영혼이
시방, 고요하다

고비
 – 니가 풀을 이기니?

넘어진 황금송 뿌리 위에 돋아 있는
고비를 아슬아슬거리며 꺾어
친구와 반 나눠 가지고 와
정성스럽게 말렸다
고사리보다 훨씬 맛있는 놈
겨울에 들깨 넣고 맛나게 먹을 생각에 행복했다
그러나 작은오빠네를 줬다
누구 입에 들어가든
맛있고 귀하게 먹으면 되지 뭐

야생의 봄을 씹는다는 것은
  - 니가 풀을 이기니?

고달픈 봄을 바구니에 담는다는 것은
도를 닦듯 쭈그리고 앉아 인내의 쓴맛을 즐기며
새 혓바닥 같은 나물들을 캐고 뜯어야 한다
하우스에 인공적으로 조장된 부드러운 맛에 길들여진
도시민이 된 혀를 다스려
거칠고 꺼끄러운 맛 해탈된 마음으로 먹어야 한다
야생의 봄을 씹는다는 것은 결코 만만한 일이 아니다
우주만물이 다 감사해야 먹을 수 있는 것이다

생명꽃 – 삶꽃
– 니가 풀을 이기니?

꽃을 꺾으려다 말았다

– 지도 이 세상에 살려고 왔을낀데!

표식
  – 니가 풀을 이기니?

숲과 들을 지나다보면
하트 모양의 잎들이 눈에 띄게 많다

사랑하며 살자고
사랑하며 살라고

메꽃 박주가리 계수나무 뽕
……
사랑하며 살고 지고

나는 아직도 저들을 따라 가려면
머~얼~다